SCHANDRA SINGH

The Sun is not Ridiculous

with an essay by

Greg Tate

galerie bertrand & gruner

Schandra Singh, Poughkeepsie, July 2008

THE ROAD TO PARADISE IS PAVED WITH BATHING APES: SCHANDRA SINGH

Like dancing about architecture, painting about postcolonialism ain't easy. Globalization has made the West and its discontents stranger bedfellows than anyone could have imagined before the age of Al-Jazzera and Al-Queda websites (not to mention what is likely more yoga teachers in West Hollywood than in all of India). The democratization of global culture (and global profits) may still be a utopian dream but the democratization of telecommunications media (and explosives) have made for disquieting, asymmetrical cultural equalizers. Fitting the global status quo into paintings without being obviously political (or esthetically vulgar) or removing all room for self-revelation (for artist and viewer) is measurably difficult. It requires a wartime correspondents gift for veiling empathy with distance and a lyric poets ability to impose crafty metaphoric inventions on baldly exposed human frailties.

Since Caravaggio, Western figurative painting has in part been about a search for suitably unsuitable subjects. Painting's voyage of representative descent from Gods to priests to royals to soldiers to rebels and outlaws to scullery maids, dancers, prostitutes to Dekooning's combustible harpies and Warhol's fluorescent 15 minute starlets may have finally found its transgressive subbasement in the 80s and 90s – the decades when Jenny Saville arrived with her hefty transexual masses, Leon Golub with his state-police truncheoned brutes and Jean Michel Basquiat dared illuminate the equal-opportunity martyrdom awaiting black men, (iconic and common, 'high on the hog' and 'beneath the underdog') thanks to Capital's race, power and manhood games.

Basquiat famously said he put black people in his paintings because he couldn't find many of them in other people's work. Schandra Singh found her suitably unsuitable invisible Others for painterly privileging not on the mean streets of Gotham but in plain sight on family Caribbean holidays. While white people on vacation aren't the rarest of pictorial subjects, they cannot, in the world after 9/11, casually represent the picture of carefree repose and the good life they once did.

Leisure travel, airports, 'exotic' locales, luxury resorts – all once upon a time markers and signifiers of moneyed, invulnerable Westerners freely traipsing about a troubled, improverished globe – had become even before 9/11 sites where the prospect of pain loomed as much as pleasure, places where one's unwinding and one's undoing might easily be conflated. Singh's paintings do not contain easy melodramatic narratives of ashen victims or swarthy vicitimizers but the surface tension apparent in them – the recurring sight of turbulent waters awash with floaty, somnambulistic subjects – speaks volumes about the purgatorial limbo and fragile peace into which today's globetrotting caucasian traveler must thrust his or herself.

Pair up 'terrorism' and 'tourism' for a Google search and you'll be presented with nearly 4 million citations and revelations. Among those revelations is that there now exists a small cottage industry of researchers devoted to plumbing the growing, profligate link between these binary subjects. Another is that since 9/11 Marriott hotels have six times been the preferred target of anti-Western groups in Muslim countries, the latest in Pakistan only weeks ago.

By coincidence Singh in conversation reports that the majority of family vacations at which she performed surveillance on her subjects occurred at Marriott Hotel timeshares in California, Hawaii and the Caribbean. None to date have been the site of any anti-American bombings, ('knock on wood' as the saying goes) but the work's inaudible and undetectable echo of these facts is certainly spooky intel to ponder as you ogle the sunroasted flesh of her marbled, corpuscular, bisected figures.

It's to the Greeks that we owe the concept of leisure and to the Industrial Victorians that we owe our present-day notions of weekends, time-off and summer vacations. An actual town in Belgium called Spa is responsible for originating the desire for the restorative Spa visit, a tradition that dates to the medieval period. The advent of Club Med brought the Spa experience within the price range of middle-middle class families, American and European, in the 1950s.

A self-described 'Eurasian blonde', Singh is the product of an Austrian mother and South Asian father. Though in most places she would easily read as a 'thin American white girl', her own internal version of ethnic Otherness and bi-raciality has ways of spilling into her life and work that defy ready categorization. This writer first met her at Yale in a seminar class I taught for a very small group of mostly African American males disgruntled with their graduate programs discomfort with discussions of racial content. Singh's presence among this group as the only woman was anomalous but not uncomfortable for her or her fellow students of non-white description. Graduate art programs can make an outcast of just about anyone regardless of race, creed or color and Yale provided the against-the-grain Singh with her own brand of marginality and outsiderness. Without going into gory details, a well-provoked "*!*$#" to the academy appears to have prompted the first series of paintings that define her current oeuvre. In the short period Singh has been professionally exhibiting she has frequently been told by viewers and buyers who meet her that they were expecting the persona behind those paintings to belong to a large black man from the Caribbean. Were those same racializing appraisers of art and identity to visit the economically depressed, sketchy neighborhood in upstate New York where Singh lives and keeps her studio they'd likely be even more surprised by her anomalous phenotypicality.

All that said, Singh's repression of obvious racial identity politics remains remarkable on the one hand and obliquely obvious on the other. In the late 1960s there arose the term "The Spook Who Sat By The Door", (after a novel by

Sam Greenlee, about a black CIA agent who foments a street revolution with government intelligence, weapons and training). It became a colloqualism for blackfolk who used their invisibility and disregard by the white gaze to gaze at the gazers for ulterior motives. In Singh's case the purpose of her reverse-gaze isn't to terrorize touristas but to rethink them and remold them into the world's latest set of Others at risk. The presence of corpulent semi-nude white males in her work has also led some to unwittingly erase her many female subjects and thus see her work as a feminist commentary about white masculinity – a take on Singh doubly-ironic and comical since there is something feminizing and infantilizing about her raw portrayals of languid and lethargic men in trunks.

Schandra Singh wants to whisk us off to Paradise and then make us gasp in horror at the human-debris wealth has deposited and left on display in her cold-eyed memory theatre. Hers is not your mythical Bomber's Paradise, the one crammed with horny angelic virgins but one that comes equipped with the heavenly/earthly rewards promised by another faith entirely: heated swimming pools, artificial lagoons, gated estates, sunscreens, tanning lotions and festive floatation devices. Schandra Singh wants us to reimagine Paradise as a pro-capitalist people-zoo. A place to see real people of means pretending to enjoy themselves in dioramas and concentric cages of their own choosing. Schandra Singh also wants to re-image Paradise – as she frames a kind of Expressionist vacation slideshow where promises of escape-ism turn out to be Faustian lures for carnivalesque scenes of beached carnage. Hers is not a Paradise Lost but a Paradise Askew – a post-Katrina post-9/11 of the existential kind, where ghosts and zombie of Colonialisms Past litter pool sides wearing sketchy human hosts; precarious loungers poised between dreamings and drownings, tannings and targetings. A prismatic oil-painted Paradise of beefy travelers and beatific natives thoughtlessly at play in the vestigial fields of spent Capital. A fearsome Paradise of turbulent and treacherous swimming pool waters and mean-spirited plastic pool-animals.

Unlike many of her more blithe contemporaries Singh's paintings unabashedly choose to have post-millienial tensions loudly echoing around their bones. This is no surprise once you find out that unlike most of us she didn't view the fall of the twin towers from the safe haven of her living room television but from her apartment window directly across the street. Having been There on 9/11 and being of South Asian and Austrian parentage, Singh could have easily indulged the current market's passion for readymade identity-paintings. Sold us abstracted narratives of present-day terrors and Holocausts-past. What she compels us to look at instead is the queasy face of leisure and privilege on holiday, at the prospect of idyllic getaway landscapes became target zones, at manmade Paradises predictively encroached upon by a world with increasingly less tolerance (and less efficient security measures) for non-virtual havens. What she would also have us sideglance at in the process is the invisibility and wily agency of the ethnic, the servile and the exotic as they appear to her and to her brushed-in beholders of same temporarily self-marooned in Paradise.

Singh works form and color into a broken and incendiary mosaic of blood-reds and blues – a color scheme that conjures up vitality and violence in an evocative blur of sensations and meanings. Lost paradises are usually meant to evoke lost innocence but our post-millenial age is one whose most pronounced feature is the global loss of faith in Western indomitability. In the tradition of Beckmann and Grosz, Singh has redirected the gaze of our Occidental tourist selves from contemplation of our navels to complicity in our own vulnerability to dissipation. In sight of Singh's obliquely satirical paintings we are made to see ourselves as groovy, laidback and slightly intoxicated bathing apes dissolving in acidic torrents of false security, anthropomorphic anxiety and delusional spectacles of excess, waste, wealth and gated invincibility.

Greg Tate, October 2008

LA ROUTE DU PARADIS EST PAVÉE DE PRIMATES QUI PRENNENT UN BAIN : SCHANDRA SINGH

Danser sur l'architecture ou peindre sur le post-colonialisme, ce n'est pas facile. Globalisation oblige, le monde occidental et ses accusateurs forment un couple encore plus mal assorti qu'on ne l'imaginait avant la création des sites Internet de Al-Jezzira et Al-Qaïda (sans compter qu'il y a sans doute plus de professeurs de yoga à Hollywood que sur tout le territoire indien). La démocratisation d'une culture globale (et de profits globaux) est peut-être une utopie, mais la démocratisation des télécommunications (et des explosifs) rétablit un équilibre culturel asymétrique et préoccupant. Caser dans des peintures le statu quo global sans être grossièrement politique (ou esthétiquement vulgaire), ou s'interdire l'auto-révélation (de l'artiste et du spectateur) relève de l'impossible. Il faudrait avoir le talent du correspondant de guerre, qui prend du recul pour mieux voiler toute empathie, et l'habileté du poète qui appose d'astucieuses métaphores à d'humaines faiblesses crûment exposées.

Depuis le Caravage, la peinture figurative occidentale s'est notamment attachée à aborder les sujets inconvenants. L'itinéraire de la peinture passe par les dieux, les prêtres et les rois, par les soldats et les rebelles ; il va des brigands aux soubrettes, aux danseuses, et des prostituées aux harpies combustibles de Dekooning. Peut-être les starlettes d'un quart d'heure de Warhol ont-elles trouvé le terreau de la transgression dans les années 80 et 90, quand Jenny Saville faisait irruption avec ses volumineuses transsexuelles, quand Leon Golub débarquait avec ses grosses brutes de policiers et que Jean Michel Basquiat osait mettre au jour le martyr généralisé de l'homme noir (iconique et ordinaire, « high on the hog » - extrêmement riche, ou « beneath the underdog » - moins que rien) grâce aux jeux effrénés de pouvoir et de virilité du Capital.

Basquiat se plaisait à dire qu'il mettait des noirs dans ses peintures, parce qu'il n'en voyait guère dans les peintures des autres. Quant à Schandra Singh, elle a trouvé le moyen de faire passer dans la peinture d'invisibles inconvenances, sans emprunter les lugubres ruelles de Gotham, mais en plongeant dans la lumière des vacances familiales aux Caraïbes. Les estivales familles de blancs ne constituent pas un sujet pictural hors normes, mais dans le monde tel qu'il est depuis le 11 septembre, elles ne sauraient comme autrefois représenter le délassement et la qualité de vie.

Le voyage pour le plaisir, l'aéroport, le séjour exotique et l'hôtel de grand luxe, voilà autant d'attributs de cet imperturbable Occidental friqué qui déambulait gaiement de par un monde troublé, appauvri. Déjà bien avant le 11 septembre, on devinait l'horizon de douleur derrière tant de bonheur, en ces lieux qui causaient et sa félicité et sa perte. Dans les peintures de Singh, point de narration mélodramatique et triviale, pas de victimes carbonisées ni de bourreau basané, mais la tension de surface qui est en elles – la vue récurrente d'une eau turbulente où affleurent des sujets somnambules et flottants – dénonce clairement le néant purgatoire et les apaisements fragiles dans lesquels doit s'immerger le grand voyageur blanc.

Associons les mots 'terrorisme' et 'tourisme' sur un moteur de recherche et voilà qu'apparaissent quelques quatre millions de citations et d'informations. Nous apprenons notamment qu'il existe à présent une véritable petite clique de chercheurs qui consacre le plus clair de son temps à établir les possibles et proliférants raccordements entre les deux sujets. Nous observerons aussi que dans les pays à majorité musulmane, depuis le 11 septembre, les hôtels Marriott sont la cible préférée des groupes anti-occidentaux, le dernier attentat au Pakistan ne datant que de quelques semaines.

Il se trouve que Singh a glissé dans une conversation que la majorité des vacances familiales sur lesquelles elle a braqué son regard s'étaient déroulées dans des hôtels Marriott de Californie, de Hawaï et des Caraïbes. A ce jour aucun d'eux n'a été l'objet d'un acte anti-américain (« touchons du bois », comme disait l'autre), mais l'imperceptible écho de ces effroyables événements résonne jusque dans le regard qui lorgne les chairs bronzées de ses silhouettes sanguines, marbrées et sectionnées.

C'est aux Grecs que nous devons l'idée même de loisir, et c'est aux chevaliers d'industrie de l'Angleterre victorienne que l'on peut attribuer les notions de week-end, de congé et de vacances d'été. C'est dans la ville de Spa, en Belgique, qu'est né le désir de se refaire une santé, au spa ; la tradition remonte au Moyen-Age. Dans les années 50, avec l'avènement du Club Med, l'expérience du spa devient accessible aux familles des classes très moyennes d'Europe et d'Amérique du Nord.

Schandra Singh se dit 'blonde eurasienne' ; sa mère est autrichienne, son père d'Asie du Sud. Elle apparaît pour beaucoup comme une 'Américaine jeune et mince', mais la version qui est la sienne de ce qu'est l'altérité ethnique et l'appartenance à deux races se décline dans sa vie et son œuvre d'une manière qui ne souffre pas la catégorisation. Je l'ai rencontrée pour la première fois à Yale, lors d'un séminaire que je donnais à un groupe composé majoritairement d'Afro-américains mâles, détournés de leur programme d'étude l'espace de quelques discussions sur les races. La présence de Singh, jeune fille au milieu de tous ces hommes, n'était ni banale ni particulièrement inconfortable, ni pour elle ni pour ses camarades non blancs. Les programmes des Beaux-Arts sont propres à marginaliser n'importe qui, indépendamment de sa race ou de ses croyances, et Yale a donné à Singh, encline au contre-pied, sa dose de marginalité. Sans entrer dans des détails licencieux, il semblerait que ce soit son juste et noble « ras-le-bol » de l'académie qui ait donné vie à la première série de peintures s'inscrivant dans l'œuvre que nous connaissons. Pendant la courte période où

Schandra Singh a exposé professionnellement, il arrivait fréquemment qu'un spectateur ou un acheteur lui dise qu'il s'attendait à rencontrer un peintre noir et musclé originaire des Caraïbes. Si ces mêmes personnes, qui tendent à rapprocher art et identité, faisaient un petit tour du côté du quartier déshérité et abandonné de New York où Singh vit et peint, quelle ne serait pas leur surprise devant son anormale typicité.

Ceci dit, si le rejet de Schandra Singh de toute forme de politique raciale identitaire est certes remarquable, il n'en est pas moins diagonalement manifeste. A la fin des années 60 est apparu le terme *The Spook Who Sat By The Door*, en quelque sorte l'espion qui se tient devant la porte (tiré d'un roman de Sam Greenlee où un jeune noir devient agent de la CIA pour fomenter la révolution citadine avec les armes et l'appui logistique du gouvernement). C'est devenu une expression pour désigner ces noirs qui, forts de l'invisibilité et de l'indifférence qu'ils suscitent chez les blancs, observent les observateurs pour en tirer profit par la suite. Dans le cas de Singh, ce regard croisé n'est pas porté pour terroriser les touristes, mais pour les repenser et les remodeler en les confrontant aux nouvelles catégories d'altérités qui sont en péril de par le monde. La présence dans son travail d'hommes blancs corpulents et à moitié nus fait oublier à tort ses nombreux personnages féminins, et l'on a voulu y voir le travail d'une féministe sur la masculinité blanche, critique particulièrement drôle et ironique pour Schandra Singh, puisqu'il y a bel et bien quelque chose de féminisant et d'infantilisant dans ses portraits bruts d'hommes avachis en petite tenue.

Schandra Singh veut nous emmener au Paradis, et nous y faire suffoquer d'horreur devant les épaves humaines que l'abondance de richesses y a déposées, étalées crûment sur la scène de l'implacable théâtre de sa mémoire. Ce n'est pas le Paradis mythique, aux vierges angéliques, mais celui qui est équipé de bienfaits célestes et terrestres : terres promises par une foi alternative, offrant piscines chauffées, lagons artificiels, maisons de maître sécurisées, lunettes de soleil, crèmes solaires et bouées fluo. Schandra Singh nous invite à revisiter le Paradis, devenu zoo de l'homme capitaliste. Un parage où les nantis prétendent s'amuser dans des cages concentriques et des dioramas qu'ils auraient choisis. Singh veut donner une nouvelle image du Paradis, elle propose en quelque sorte une séance de photos de vacances expressionnistes, dont les promesses d'évasion tournent au traquenard faustien, plongeant ses victimes dans des scènes carnavalesques de carnage échoué sur la plage. Son Paradis n'est pas Perdu, il est Tordu; c'est un après Katrina et un après 11 septembre, existentiel, aux fantômes et autres zombies d'un passé colonial, aux détritus vautrés autour d'un bassin qui accueille des hôtes humains informes; précaires flemmards suspendus entre rêve et noyade, entre bronzage et mise en péril. Paradis prismatique pour voyageurs sanguins et autochtones béats, sottement réjouis sur les vestiges d'un Capital qui a déjà été dépensé. Un Paradis artificiel de piscines aux eaux turbulentes et traîtres, aux animaux en plastique et à l'esprit retors.

Schandra Singh's studio, Poughkeepsie, July 2008

Les peintures de Schandra Singh, au milieu des œuvres autrement plus joyeuses de ses contemporains, résonnent tonitruantes d'un écho post-millénaire. Rien de bien surprenant quand on apprend qu'elle n'a pas vu la chute des tours jumelles comme nous autres, installés en toute sécurité devant notre poste de télévision, mais depuis la fenêtre de son appartement, situé juste de l'autre côté de la rue. Se trouvant Là le 11 septembre, et étant d'origine sud-asiatique et autrichienne, il eut été bien naturel que Singh se soumît au goût d'un marché friand de peintures ready-made identitaires, qu'elle nous vendît d'abstraites narrations des terreurs du moment et des holocaustes du passé. A la place, ce qu'elle nous astreint à regarder en face, c'est le spectacle nauséeux du loisir et du privilège, les promesses de contrées idylliques devenues zones de conflit, les Paradis sur Terre gagnés par un monde qui ne croit qu'en des havres de paix virtuels, pourtant si peu sûrs. Et ce qu'elle nous fait voir à la dérobée, c'est l'invisibilité de la chose ethnique, servile et exotique, telle qu'elle lui apparaît et telle qu'elle est dans le regard de ces propriétaires volontairement naufragés au Paradis.

Schandra Singh travaille la forme et la couleur en une mosaïque embrasée de bleus et de rouges sang, une combinaison qui mobilise vitalité et violence dans un magma lourd de sens et de sensations. Les paradis perdus sont sensés rappeler l'innocence oubliée, mais notre ère post-millénaire se distingue notamment par une perte généralisée de la foi en un Occident irréductible. Dans la lignée de Beckmann et Grosz, Singh braque le regard des touristes occidentaux que nous sommes, regard jusque-là négligemment posé sur notre nombril, vers la compréhension de notre vulnérabilité face à la dissipation. Et nous voilà bien obligés, devant cette peinture diagonalement satirique, à nous dissoudre dans les torrents acides d'une sécurité vaine, dans une angoisse anthropomorphe et le spectacle désespérant de l'excès, du gaspillage, de l'abondance et de l'invincibilité qui se barricade.

Greg Tate, octobre 2008

The Sun is not Ridiculous

The Dreamer, 2008, oil on linen, 213.3 x 274.3 cm

A Beautiful Woman, 2008, oil on linen, 274.3 x 200.7 cm

Charlie, 2008, oil on linen, 228.6 x 274.3 cm

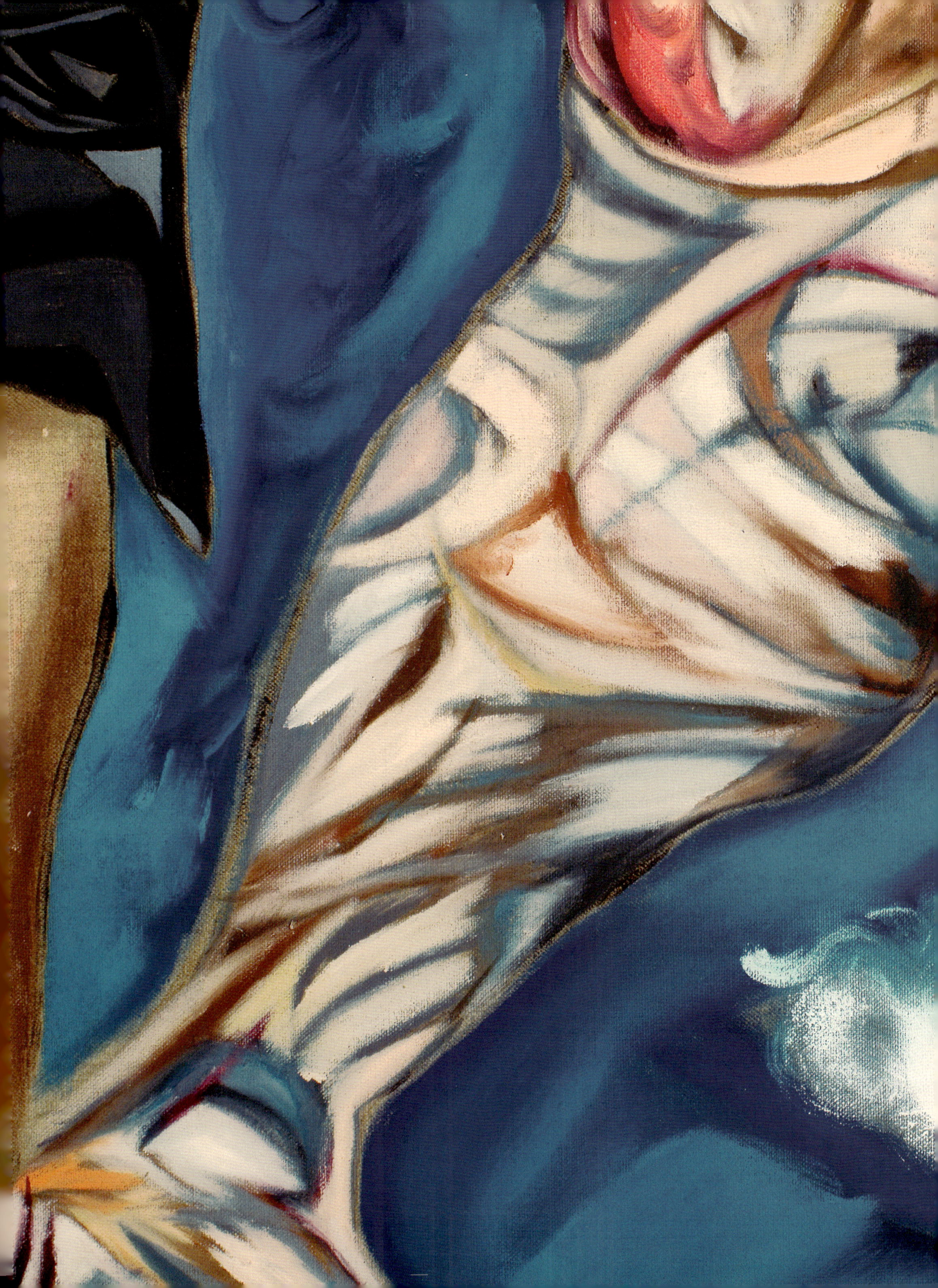

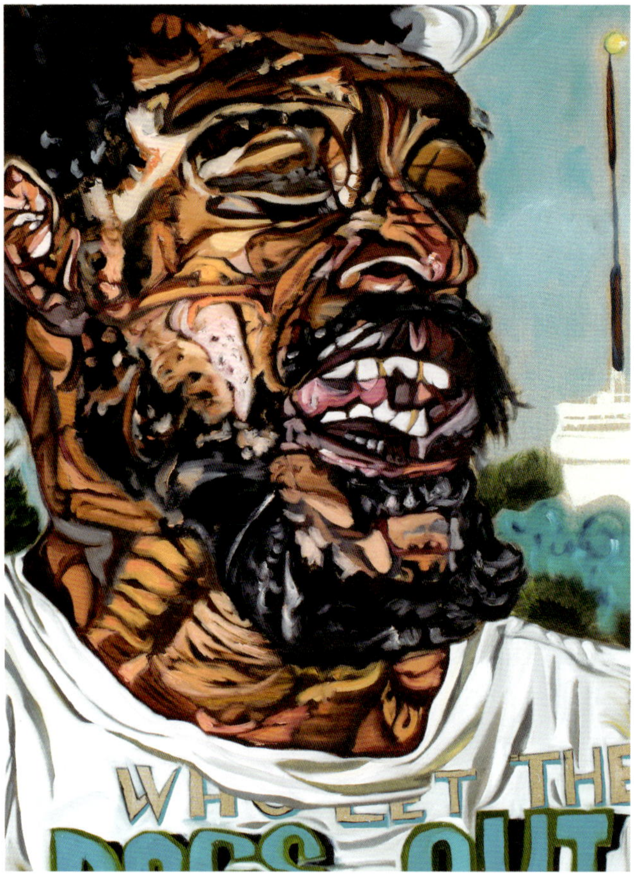

Untitled, 2008, oil on linen, 96.5 x 71.1 cm

Untitled, 2008, oil on linen, 96.5 x 71.1 cm

Alligator / Crocodile, 2008, oil on linen, 213.4 x 304.8 cm

Catch, 2008, oil on linen, 152.4 x 182.9 cm

Catch

Boy, 2008, oil on linen, 40.7 x 40.7 cm

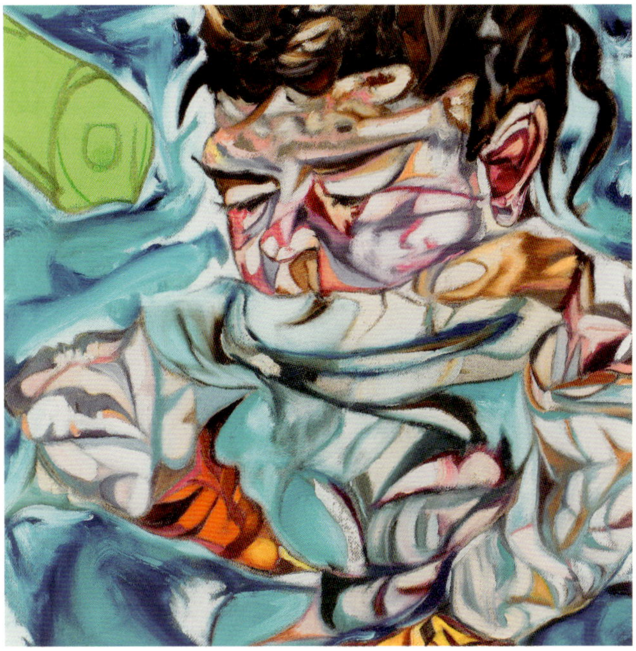

Boy, 2008, oil on linen, 40.7 x 40.7 cm

Boy, 2008, oil on linen, 45.7 x 43.2 cm

Neha, 2008, oil on linen, 274.3 x 183 cm

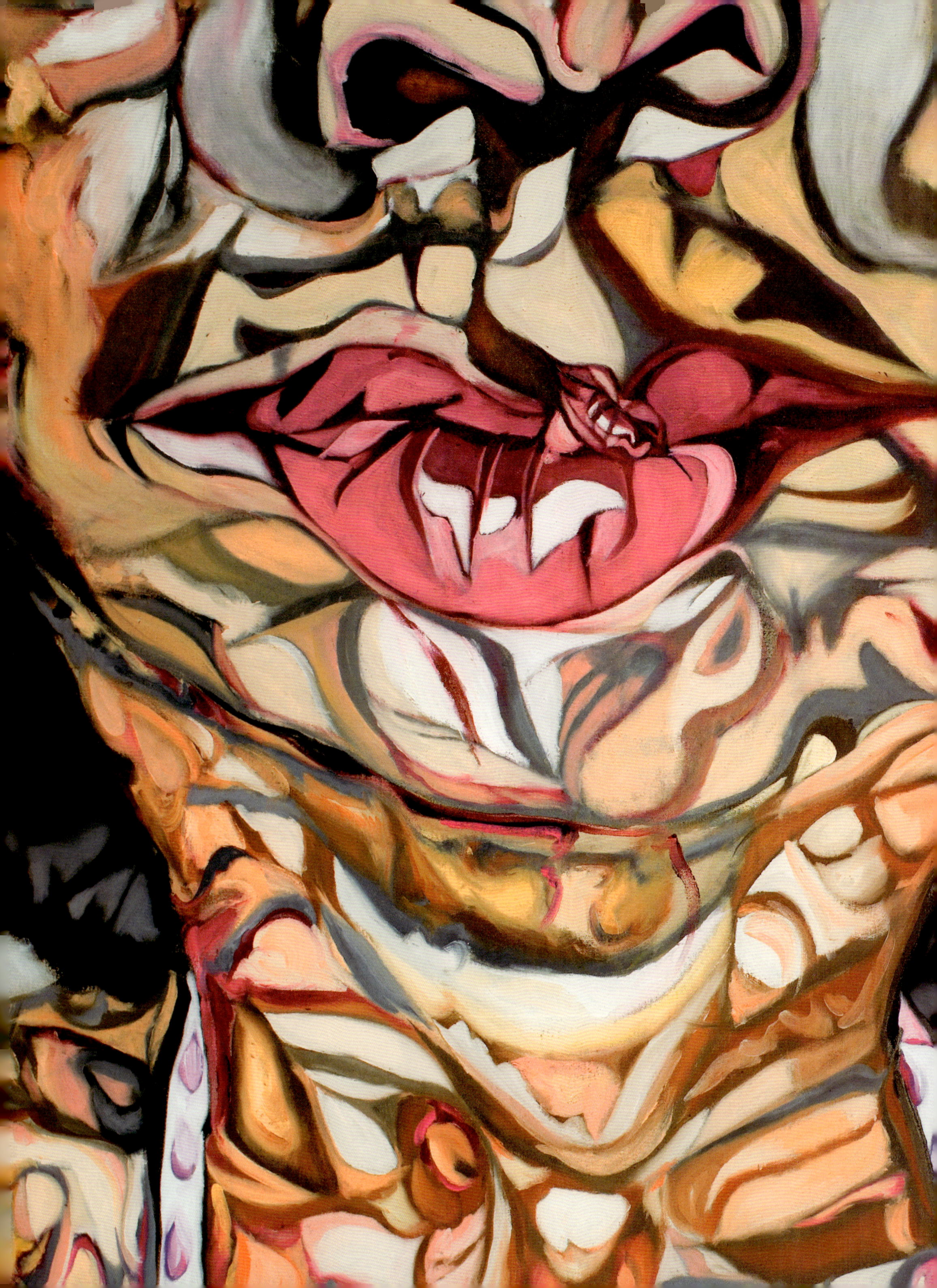

Adrian, 2008, oil on linen, 213.4 x 297.1 cm

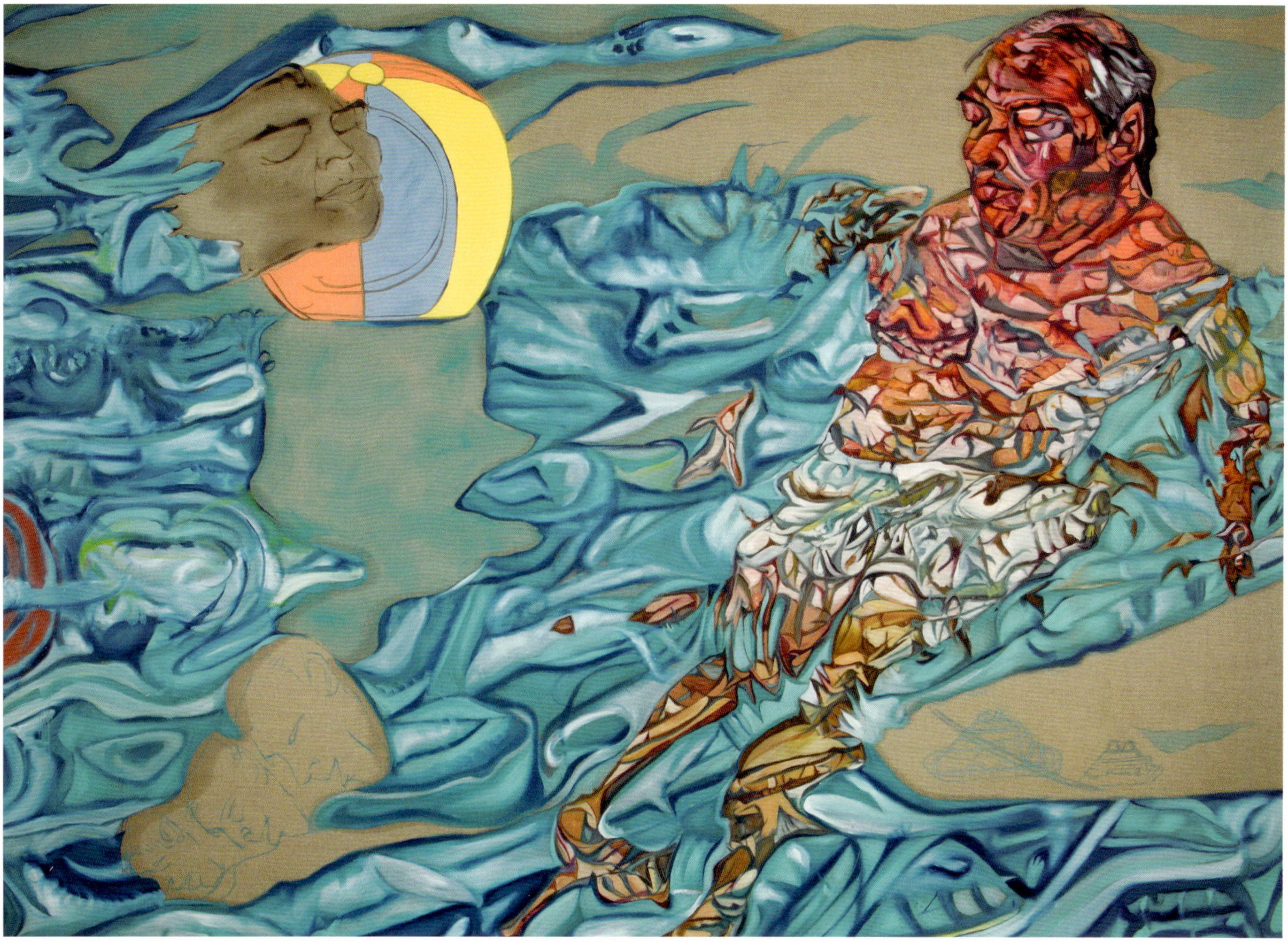

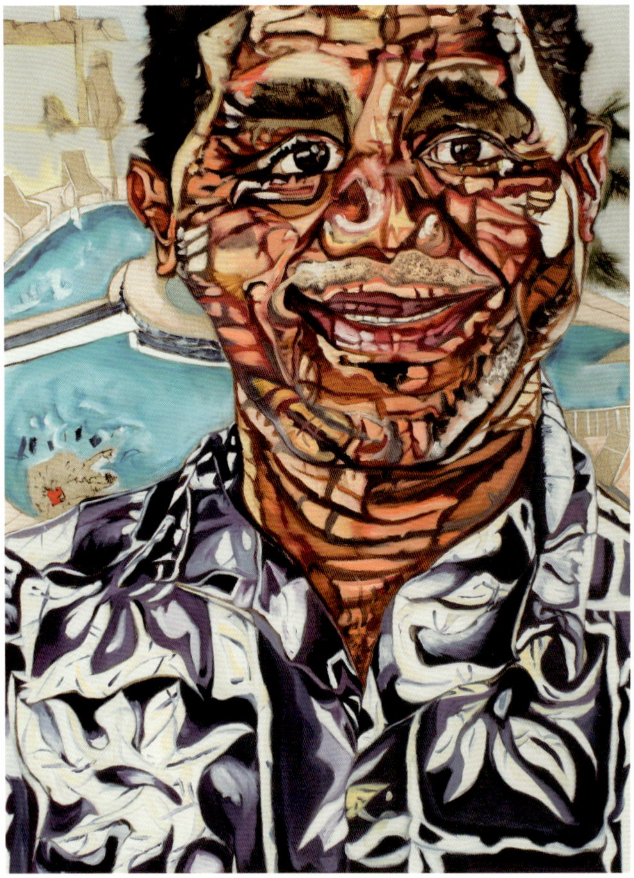

Untitled, 2008, oil on linen, 96.5 x 71.1 cm

Untitled, 2008, oil on linen, 96.5 x 71.1 cm

Jokester, 2008, oil on linen, 200.7 x 274.3 cm

List of illustrations

Schandra Singh is born in Suffern, NY, USA, 1977
She lives and works in Poughkeepsie, NY, USA

Education

2006 M.F.A Yale University School of Art, New Haven, USA
1999 B.F.A. Honors, Rhode Island School of Design, Providence, USA

Solo Exhibitions

2008 *The Sun is not Ridiculous*, galerie bertrand & gruner, Geneva, Switzerland

2007 *Around and Around 1000 Times*, RARE, New York, USA

Selected Group Exhibitions

2009 *The Empire Strikes Back: Indian Art Today*, Saatchi Gallery, London, UK

2006 *Holiday Show*, Baumgartner Gallery, New York, USA
Selected Artist Show, Baumgartner Gallery, New York, USA
Summer Show 2006, Baumgartner Gallery, New York, USA
Thesis M.F.A. Exhibition, Yale University School of Art Gallery, New Haven, USA

2005 *2ND Year Exhibition*, Yale University School of Art Gallery, New Haven, USA
Works on Paper Exhibition, Yale University School of Art Gallery, New Haven, USA

2004 *Opening Exhibition*, Yale University School of Art Gallery, New Haven, USA

2002 *Cycle de vie*, Black Box Studio, Los Angeles, USA

Selected Bibliography

2008 Tara Kilachand, *Mint The Wall Street Journal*, Sept. 12
EJ Jacobs, "A Brave New World", *Topcoat Magazine*, Vol. 13

2007 "Barrage NYC", *Artillery Magazine*
"Fall Preview: Powerhouse", *V Magazine*, Vol. 42

2006 "Palimpsest", *Yale Literary and Arts Magazine*, 3rd Edition, New Haven
"Willy Bird", *2005 Selections from an Etching Series*, Yale, New Haven

This catalogue has been published on the occasion of the exhibition
Schandra Singh: *The Sun is not Ridiculous*
galerie bertrand & gruner, Geneva, Switzerland
November 6 - December 20, 2008

Editor
galerie bertrand & gruner

Text
Greg Tate, New York, USA, 2008

Translation from English into French
Julliard & Garcia Associés

Concept and graphic design
Romain Gruner
Sébastien Bertrand

Coordination of the project
Sophie Lugon-Moulin

Photography
Al Nowak / On Location

Printed by
Imprimerie m+h

ISBN 978-2-9700566-4-5
Limited Edition Printed in Switzerland

Printed in Geneva, Switzerland
November 6, 2008
Imprimerie m+h